LE BARDE GAULOIS

DRAME

EN DEUX ACTES, EN VERS

PAR

CHARLES FILLIEU

Représenté pour la première fois sur le Théâtre Saint-Marcel, le 22 mai 1860.

PARIS
MICHEL LÉVY FRÈRES, LIBRAIRES-ÉDITEURS
RUE VIVIENNE, 2 BIS

1860

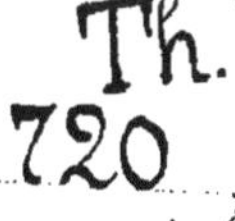

LE

BARDE GAULOIS

DRAME

EN DEUX ACTES, EN VERS

PAR

CHARLES FILLIEU

Représenté pour la première fois sur le Théâtre Saint-Marcel, le 22 mai 1860.

PARIS

MICHEL LÉVY FRÈRES, LIBRAIRES-ÉDITEURS

RUE VIVIENNE, 2 BIS

—

1860

Mon cher Bocage,

La presse et le public disent que le BARDE GAULOIS est une de vos plus belles créations. Je m'empresse d'ajouter que ce petit drame doit son succès, non-seulement à votre grand talent d'artiste, mais aussi à la haute expérience de vos conseils littéraires. Bien qu'il ait été représenté au théâtre Saint-Marcel et malgré certaines lacunes dont peut souffrir le développement des caractères et de l'action, il a été honoré de suffrages insignes. Je ne saurais, entre autres, oublier ceux de MM. Jules Janin, Th. Gautier, P. de Saint-Victor, de Bieville, Dartheuay, Rochefort, de Pène, Paul d'Yvoi, Paul de Lascaux, A. Gruson, etc., etc. S'il me restait assez d'espace ici pour exprimer davantage ma vraie gratitude, j'essayerais de rappeler l'attention sur les services inappréciables que vous avez rendus et pouvez rendre encore à l'art consciencieux. J'adresse mes meilleurs remerciments aux jeunes artistes, vos élèves, qui ont interprété les autres rôles de ma pièce, et je souhaite à leur avenir la récompense légitime que les iniquités de la fortune font trop attendre à tous vos mérites.

Votre bien reconnaissant,

CHARLES FILLIEU.

Paris, 5 Juin 1860.

PERSONNAGES

ÉRIX, vieux Barde gaulois, aveugle........	M. BOCAGE
PAULUS, jeune Patricien romain...........	M. FINSTERWALD
COTTA, Lieutenant du Consul Véter........	M. FIRMIN
MENDO, Officier romain, confident de Cotta.	M. TALLIEN
ÉBLA, Fille d'Érix.......................	Mme BRUNOY

L'action se passe dans l'Armorique, 50 ans avant J. C.

Paris. — Typ. Morris et Comp., rue Amelot, 64.

LE BARDE GAULOIS

ACTE PREMIER

Un intérieur gaulois. — Meubles, armes rustiques; une lyre est appendue au mur. La principale porte d'entrée, au fond, toujours ouverte, laisse voir à peu de distance les tentes d'un camp romain. — Portes latérales garnies de tentures. — Au lever du rideau, Cotta et Mendo, venant du camp, s'arrêtent en dehors, sur le seuil de la porte du fond.

—

SCÈNE PREMIÈRE

COTTA, MENDO.

COTTA.

On peut deviner l'hôte à l'examen des lieux :
Dans ce réduit gaulois, dont rien ne plaît aux yeux,
Vit le plus grand félon de l'Armorique entière.

MENDO.

Plus le foyer est bas, plus l'envie est altière.

COTTA.

Mais, nous sommes Romains, et nous savons frapper
Le traître qui nous brave ou veut nous échapper.
Ce n'est pas le Gaulois qu'il faut d'abord atteindre;
— Je soufflerai dessus quand nous voudrons l'éteindre. —
C'est du consul Véter, dont je suis lieutenant,
Le favori Paulus, qu'en ces lieux, maintenant,
Je compte devant toi pouvoir surprendre en faute.
Puisquil demeure sourd à la voix la plus haute,

A celle de Véter, qui lui défend l'accès
De cet antre où la haine attente à nos succès,
Tu sauras attester la désobéissance
Du fourbe qui voudrait mon grade et ma puissance.

MENDO.

Qu'est-il besoin, Cotta, de tant vous déranger
Pour briser l'envieux dont il faut se venger?
Un mot de votre bouche est plus certain qu'un glaive
Pour abattre tout front rebelle qui se lève.

COTTA.

Oui, les plus grands pouvoirs me sont abandonnés
Sur toute l'Armorique et mes subordonnés;
J'ai droit de vie et mort selon ma fantaisie,
Mais Véter m'a déjà taxé de jalousie...
Je veux qu'il soit forcé lui-même d'immoler
Ce fou qu'il m'a promis naguère d'exiler.
Tu seras là, Mendo, pour lui prouver sans crainte
Qu'à punir mon rival sa justice est contrainte;
Car s'il permet qu'on manque à ses ordres exprès,
Adieu la discipline et la conquête après.

(Erix entre par la porte de gauche, soutenu par Ebla et Paulus. Cotta désignant Paulus à Mendo, à voix basse)

Le vois-tu?

MENDO.

C'est bien lui.

COTTA.

Regagnons notre tente.
Son châtiment ne peut rien perdre à cette attente.

(Ils disparaissent).

SCÈNE II

PAULUS, ÉRIX, ÉBLA.

ÉRIX.

Fais tes adieux, ma fille, à ce jeune Romain.
Loin de notre Armorique on l'exile demain.

(Avec amertume.)

Un vainqueur, en pays conquis, ne peut sans crime
Choyer un barde aveugle... un vaincu qu'on opprime!
Ainsi vient d'en juger le grand consul Véter
Qui nous interdira bientôt le libre éther!

ÉBLA.

(A part.) (Haut.)
O ciel! De sa bonté Paulus serait victime?
Parce que d'un vieillard il a gagné l'estime?
Pour l'avoir entouré de soins religieux?

ÉRIX.

L'infortune est toujours un mal contagieux.
Qui n'a pas expié le tort d'être sensible?

ÉBLA.

Non, c'est trop odieux pour que ce soit possible...

ÉRIX.

Sache qu'il n'est, ma fille, aucune iniquité
Dont la force n'étonne un jour l'humanité...

ÉBLA.

Vous vous taisez, Paulus? Est-il donc vrai qu'on ose...

PAULUS.

Je comprends le décret, car j'en connais la cause.

ÉBLA (étonnée).

Eh quoi! vous l'approuvez?

PAULUS.

Je te respecte au moins,
Et j'en souffre pourtant... les dieux m'en sont témoins.

ÉBLA (d'un ton de reproche).

Oh ! lorsque l'on comprend si bien les injustices,
Les souffrances n'en sont que brèves... ou factices!...
Quittez donc sans regret ce toit, où, de son camp,
Véter vous pourrait voir... Et vous reviendrez? Quand?
(Avec ironie.)
Quand la Gaule aimera... ceux qui l'ont envahie?

ÉRIX.

C'est-à-dire jamais : fut-elle plus trahie !
(Paulus veut prendre la main d'Ébla, qui s'éloigne de lui avec dédain.)

ÉBLA (ironiquement).

Les guerriers de Véter sont tellement soumis,
Qu'il réalisera tout ce qu'il s'est promis.

PAULUS.

Conquérants et sujets, chacun a sa chimère
Dont la déception est plus ou moins amère...
Ainsi, la mienne, Ebla, consistait à penser
Qu'au nombre des cœurs droits vous daigniez me placer;
Que j'étais à vos yeux un ami...

EBLA (se hâtant de lui répondre, de peur qu'il n'en dise davantage en présence de son père).

Plus ! un frère.
Vous vous résignez vite à prouver le contraire !

ÉRIX (à Paulus).

Pour les femmes il n'est qu'un pouvoir, c'est le cœur...
Et tout autre n'émeut que leur instinct moqueur.

PAULUS (à Ebla).

Si j'étais, un instant, seul avec votre père,

Je lui demanderais une grâce, et j'espère
Qu'elle me permettrait de ne pas vous quitter.

ÉRIX.

Oh ! s'il dépend de moi, tu pourras nous rester.

ÉBLA (significativement, à Paulus, en sortant).

Une indiscrétion est chose trop coupable
Pour que l'on doive même en paraître capable.

PAULUS.

Bien que je semble agir assez étrangement,
J'ai de tous mes devoirs l'austère sentiment.

(Ébla sort par la gauche.)

SCÈNE III

ÉRIX, PAULUS.

ÉRIX.

Ebla s'est retirée, or son père t'écoute.

PAULUS.

Ce que je vais vous dire est pénible et me coûte;
Mais je dois prendre soin de votre sûreté;
Car, s'il me faut partir, vous serez arrêté !

ÉRIX.

Je ne m'attendais point à cette confidence;
Mais plus le maître est grand, plus grande est l'impudence !..

PAULUS.

Véter est informé que, parmi les Gaulois
Qui se montrent le plus rebelles à ses lois,
S'il reste une influence encore vénérée,
C'est la vôtre, vieux barde à la voix inspirée.

ÉRIX.

J'ignorais qu'il le sût. J'en suis fier maintenant.

PAULUS.

Il ne veut pas que moi, son futur lieutenant,
Par notre liaison intime j'autorise
Cette ligue naissante, et dès lors...

ÉRIX.

Il nous brise.
Soit! Il a la puissance; il en use!.. Et comment
Dépendrait-il de moi qu'il en fût autrement?
Il te chasse; eh bien! pars! et qu'après il m'immole!
La force n'a raison que d'une vertu molle.

PAULUS.

Sans doute! nos aïeux communs l'ont bien prouvé;
Mais il faut être juste encor plus qu'éprouvé :
La martyre est sublime alors qu'il est utile;
Sinon, je n'y vois plus qu'entêtement futile...
Quand la mort a sonné l'heure des nations,
D'où que puissent venir les dominations,
C'est par l'ordre d'en haut, nul ne s'y peut soustraire,
Et qui veut résister, au ciel même est contraire.
A quoi servirait donc l'héroïsme isolé?
Il ne pourrait que nuire au pays désolé...
L'ami de sa patrie avant tout s'examine...

ÉRIX.

Il n'est plus de patrie où l'étranger domine!

PAULUS.

Mais la famille existe... et son empire est là!

ÉRIX.

En somme, que veux-tu que je fasse à cela?
S'il plaît à l'oppresseur d'anéantir ma race,
Faut-il que je m'abaisse à lui demander grâce?

PAULUS.

Non, jusqu'à ces rigueurs je ne descendrai pas

Cependant, on doit voir plus loin que le trépas...
Lorsqu'on laisse le deuil au cœur de ceux qu'on aime,
D'un chagrin éternel on se charge soi-même...

ÉRIX.

Celui-là seul mérite une félicité
Qui reste digne et fier devant l'adversité;
Dont l'âme ne veut rien que cette joie intime
De pouvoir s'applaudir avec sa propre estime
Et d'être, sans souci d'un vulgaire bonheur,
Inexpugnable et grand par l'inflexible honneur!

PAULUS.

Quand on peut, sans blesser en rien sa conscience,
Découvrir une source, au fond de sa science,
D'où l'on ferait jaillir avec facilité
Son repos et celui de sa postérité,
Pourquoi donc irait-on cruellement s'astreindre
Aux préjugés étroits qui laissent tout à craindre?
Les lettres grecques ont ouvert à votre esprit
De vastes horizons, où le charme fleurit
Sous l'art prestigieux de l'éloquence innée,
Qui fait que le cœur suit la parole empennée
Et s'envole avec elle haletant, convaincu...
Le vainqueur peut subir ce charme du vaincu!...

ÉRIX.

Je ne te comprends pas.

PAULUS.

Je vous l'ai déjà dit...
De même que pour l'homme, il est un jour maudit
Pour les peuples trop vieux... qui ne peuvent plus être...
Dont tout, jusqu'au langage, est fait pour disparaître.
Inexorable loi dont le courroux divin
Frappe les monuments de ce monde trop vain.

ÉRIX.

Après?...

PAULUS.

Eh, bien, Érix, ces célestes colères
Ont néanmoins parfois des effets tutélaires;
C'est quand, pour accomplir le bouleversement
Elles ont fait le choix d'un sublime instrument,
D'un homme à grands desseins dont la gloire immortelle
Féconde l'avenir qui point sous sa tutelle;
Alors on voit surgir de la destruction
Le germe qui devient civilisation...

ÉRIX.

Après? car si les dieux veulent qu'un peuple tombe,
Je ne vois pas en quoi, sur le bord de sa tombe,
La science d'un barde aurait l'art singulier
De fonder le berceau du bonheur familier?

PAULUS.

Il le peut et le doit cependant, car sa tête
Et son cœur, des destins l'on fait le vrai prophète;
Il ne saurait, ainsi qu'un vulgaire ignorant,
Traiter comme un bandit un noble conquérant.

ÉRIX.

Que devrait-il donc faire?..

PAULUS.

Un acte de justice:
Avouer la grandeur des faits qu'il rapetisse.
Véter me le disait encore ce matin:
« Si des Gaulois Érix sentait mieux le destin,
Il pourrait m'épargner une rigueur pénible
En me servant, au lieu de m'être nuisible...»

ÉRIX.

Le servir! et comment?...

PAULUS.

Par un fait d'équité,
Un exemple imposant au pays agité!

(Un silence.)

. . . .

Véter est un héros digne des chants d'un barde!

ÉRIX.

Il paraît, en un mot, que Véter me regarde
Comme un fou désireux de se déshonorer :
Le fait est qu'en sachant me déconsidérer
Aux yeux de mon pays, je servirais ton maître.

(Ironiquement.)

C'est facile : il ne faut rien... que devenir traître!!!
Quoi! le consul y compte? Et mieux, l'ose exiger?

PAULUS.

Jusqu'à cette exigence; il ne sait déroger :
Sa gloire est trop assise et désintéressée
Pour qu'un désir si vain entre dans sa pensée :
Ce n'est pas lui qu'il voit dans ces hommages dus,
C'est Rome s'attachant ses ennemis rendus,
La maîtresse du monde à ce point glorieuse
Que du sentiment même elle est victorieuse.

ÉRIX.

Dans sa personne, à lui?... modeste ambition!
Mais, César n'aurait pas cette prétention!...
De cet astre brillant les satellites... ternes...

(Avec ironie.)

Que voilà bien le zèle ardent des subalternes!

PAULUS.

Simplement, il indique en quoi votre équité
Vous pourrait garantir de sa sévérité...

ÉRIX.

C'est trop s'inquiéter d'un soin qui me regarde :
S'il a sa gloire, j'ai mon honneur, je le garde !

PAULUS.

Gardez mieux votre vie : elle est à votre enfant.
Le devoir paternel avant tout la défend.

ÉRIX.

Avant d'être à nous-même, elle est à notre mère,
La Patrie ! et Véter, en sa démence amère,
De la dette sacrée espère en vain l'oubli?
(Un silence.)
(Avec une ironie poignante.)
Il lui faudrait un hymne éclatant, accompli ?
(Se levant et avec fougue.)
La grande poésie est comme l'âme humaine :
Libre en son immortalité !
Rien ne peut l'émouvoir, du terrestre domaine,
Rien, que la seule vérité !
Élevée au-dessus de nos vicissitudes,
Dont un peuple infime est surpris,
Elle ne commet point avec nos turpitudes
La majesté de son mépris !
Son dédain plane immense, au lumineux espace,
Sur les vains triomphes d'en bas ;
Hormis pour souffleter le mensonge qui passe,
Son vol hardi ne descend pas !
Vous pouvez allez dire à votre puissant maître
Que, pour flagorner le bonheur,
J'ai trop d'âge... et ne peux désormais me permettre
Que de mourir avec honneur.
(Il va sortir. Ébla rentre vivement par la gauche.)

ÉBLA.

Prends mon bras...

ÉRIX.

Non, merci. J'ai pour œil l'habitude,
Et je me sens besoin d'un peu de solitude;
Cela m'est nécessaire après l'émotion
Que n'a pu contenir mon indignation...

(I. sort par la gauche).

SCÈNE IV

PAULUS, ÉBLA.

ÉBLA (avec reproche.)

Lui tenir un discours qu'il ne pouvait entendre!

PAULUS.

Devais-je être sincère, et pouvons nous attendre?
On m'ordonne demain un départ sans retour,
Et vous ne voulez pas qu'il sache notre amour!
S'il garde son orgueil, moi je perds mon amante.

ÉBLA.

Véter exige donc cette chose infamante?...

PAULUS.

Non pas; que peuvent faire à nos triomphateurs
Les satires d'un barde ou ses hymnes flatteurs?

ÉBLA.

Ce n'importe, en effet, qu'aux âmes innocentes!

PAULUS.

Ceux qui tiennent le monde entre leurs mains puissantes,
Pâlis sur des labeurs autrement médités,
Se préoccupent peu de ces futilités.

ÉBLA.

Mais, si d'un tel dédain, Véter les humilie,

Pourquoi voulez-vous donc que mon père s'oublie,
— Lui qui veut son pays toujours libre, — à chanter
Ce consul qui ne doit pas même l'écouter?

PAULUS.

Pour qu'à mes vœux ardents l'inexorable maître
N'ait plus à prétexter qu'il ne peut me permettre
D'être le fils d'un chef de la sédition.

ÉBLA.

J'admire qu'il vous faille une permission!

PAULUS.

Je suis soldat!... de grâce, invitez votre père
A vaincre un préjugé dont l'effet désespère...

ÉBLA.

A s'avilir autant je pourrais l'inviter?
Ah! je dois le défendre et non pas l'insulter!...

PAULUS.

Eh bien, je tenterai de nouveau l'entreprise...

ÉBLA.

N'essayez plus: il est des tâches qu'on méprise...
Et vous deviendriez indigne d'être aimé
Si vous ne restiez pas digne d'être estimé.

PAULUS.

Eh! quoi! par un excès de vertu mal comprise,
D'austérité frivole et que rien n'autorise,
J'aurais volontiers, quand je m'y peux opposer,
Le supplice de voir compromettre, exposer
Votre existence et celle aussi de votre père?
Alors que notre amour touche à l'hymen prospère?
Non, la vertu n'est pas dans ces égarements,
Car l'orgueil offre seul de tels renoncements.

ÉBLA (enthousiaste).

Honneur à l'orgueilleux de la gloire publique

Qui, sourd aux froids calculs d'un égoïsme oblique,
N'a le cœur agité que des seuls mouvements
Dont le devoir sacré fait les beaux dévouemens!
Je vous défends un mot dont la coupable adresse
Mette en lutte l'honneur du barde et sa tendresse...
S'il faut qu'un sacrifice afflige l'un de nous,
Paulus, que ce ne soit ni mon père ni vous;
Regagnez sans chagrin la terre d'Italie:
Vous êtes jeune encor; l'homme, à votre âge, oublie...
Quant à moi, je ne sais prendre pour du bonheur
Ce qu'un père nous donne en vendant son honneur,
— Fût-ce l'unique époux, choix de mes plus doux rêves!—
Et j'aurais, pour refus, quelquelques paroles brèves,
Sans que, dans mon regard les moindres pleurs surpris,
Exprimassent ma peine autant que mon mépris.

PAULUS.

N'as-tu pas trop de cœur pour avoir ce courage?
Te croire, chère Ébla, serait te faire outrage....

ÉBLA.

Donc... je mens? je croyais avoir votre respect...
Eh bien, je vais d'un mot, qui vous soit moins suspect,
Entre mon père et vous trancher la différence :
A lui je dois ma vie, à vous l'indifférence.

PAULUS (l'examinant avec une surprise douloureuse).

L'impassibilité des traits et de la voix!
Oui, c'est l'indifférence, en effet, que je vois...
La femme, tout à coup, s'est changée en statue,
L'idole était de marbre... oui... Dieux! cela me tue...

(Il se détourne et pleure)

ÉBLA (courant à lui).

Ah! je ne peux plus feindre en te voyant pleurer!...
Mon cœur à tes sanglots vient de se déchirer,

Et son cri, retenu par un effet suprême,
Laisse échapper l'aveu de mon amour extrême.

PAULUS (revenant vers elle, qui paraît haletante et brisée).

Vois comme je reviens au signe de tes yeux!

ÉBLA.

Oui, mais, hélas! tout veut que tu quittes ces lieux,
Car rien ne peut jamais faire qu'Érix transige
Avec sa conscience et tout ce qu'elle exige.

PAULUS.

Toujours!

ÉBLA (dont la voix s'éteint).

N'espérons plus! nous sommes condamnés;
Aussi bien, j'aurai peu de jours infortunés....

PAULUS.

Que dis-tu? mourir? Toi? de mon amour victime?
Oh! non! Véter, j'en ai la certitude intime,
Va se rendre à mes vœux, à mes pleurs... il m'attend;
Je serai de retour, Ébla, dans un instant...

ÉBLA.

Non, j'essaierai d'aller à ta rencontre.

PAULUS.

Espère! (il sort).

SCÈNE V

ÉBLA (seule).

Qu'à tes désirs Véter se refuse ou défère,
C'en est fait : un mal, là, de l'espoir qui t'a lui,
Se montre dédaigneux encore plus que lui...
Aussi bien, je pressens que notre destinée
Vers des malheurs plus grands encore est entraînée...

SCÈNE VI

ÉBLA, COTTA (entrant sans bruit).

COTTA.

Vous savez qui je suis ?

ÉBLA (après l'avoir regardé fièrement).

L'envieux de Paulus !

COTTA.

Ce mot vous coûtera...

ÉBLA.

Sa perte ?

COTTA.

Et même plus. .

ÉBLA (à part)

Oh! mes pressentiments!...

COTTA

Je viens de vous entendre :
Vous êtes factieuse encore plus que tendre...

ÉBLA.

Je ne suis que Gauloise et j'aime mon pays !

COTTA.

Il faudrait honorer celui qui l'a conquis.

ÉBLA.

J'honore assez les dieux pour mépriser les hommes!

COTTA.

Vos dieux sont loin d'ici, Gauloise, et nous y sommes!

ÉBLA.

Enfin, que me veut-on?

COTTA

On vient te demander
Ce que ton père et toi ne voulez accorder...

(A part.)

Oui, c'est précisément ce refus immanquable
Qui livrera Paulus à Véter implacable...
Oui, c'est perdre Paulus...
(Haut.) On veut vous imposer
Ce qu'à Paulus, tantôt, vous disiez mépriser...

ÉBLA.

Pour qu'il demeure?

COTTA.

Oh ! non, il partira quand même.
Mais vous êtes d'un père aveugle, qui vous aime,
L'unique appui; sans vous, il achèverait seul
Ses jours déjà couverts du plus sombre linceul...

ÉBLA.

Eh bien?

COTTA.

Il chantera la puissance romaine,
S'il ne veut pas qu'au loin, bientôt, on vous emmène.

ÉBLA.

Horreur !

COTTA.

Notre pouvoir ne peut être bravé !

ÉBLA (énergiquement).

Le chant le plus vengeur que la haine ait rêvé
Jaillira de son cœur plutôt que des louanges !

COTTA.

Il faut qu'il se résigne au plus dur des échanges :
Sa fille ou sa fierté...

ÉBLA.

Sa fille peut mourir.
Mais quant à son honneur, il ne saurait périr !

COTTA.

Véter quitte un flatteur dans Paulus : or, j'espère

Qu'il en peut trouver un meilleur dans votre père.
Tel est mon sentiment... que vous partagerez...

ÉBLA.

Vous pouvez opprimer autant que vous voudrez,
Abuser des pouvoirs que fournit la conquête,
Fouler aux pieds les droits, la plus juste requête,
Oui, permettez-vous tout... hors la conviction
Que de vous seconder j'aurais l'abjection!
Non, mon devoir de fille ou mon espoir d'amante
Ne se changera point en faiblesse infamante;
A la honte d'un père, à son abaissement,
Moi, prêter le forfait de mon assentiment?
Vous le demanderez à mon ombre irritée,
Qui poursuivra, la nuit, votre âme épouvantée.

COTTA.

Ce sont de vains discours! mais vous réfléchirez...

ÉBLA (avec dédain).

Peut-être! on verra bien, lorsque vous reviendrez!

COTTA.

Soit! dans quelques instants, car vraiment, il me tarde
D'éprouver le grand cœur de la fille d'un barde!

(Il sort par le fond.)

ÉBLA (seule, avec douleur, après un silence).

Et ce pauvre vieillard qui ne peut se douter
Qu'il faudrait l'avilir pour ne pas le quitter!...

(Elle sort désolée, le rideau tombe.)

FIN DU PREMIER ACTE.

ACTE DEUXIÈME

Même décoration.

—

SCÈNE PREMIÈRE

ÉRIX, ÉBLA.

ÉRIX (appelant sous la porte de gauche).

Paulus !

ÉBLA (entrant par la porte du fond).

Il n'est plus là.

ÉRIX (entrant en scène).

Je l'ai froissé peut-être...
J'en ai regret : c'est bien à lui d'aimer son maître.

ÉBLA (avec feu).

N'est-ce pas qu'il n'est point de cœur plus généreux,
Plus digne d'être aimé, plus digne d'être heureux ?
Car Paulus réunit dans leur plus noble essence
Les mérites de l'homme à sa magnificence.

ÉRIX (à part).

Qu'entends-je, moi qui sais le fond du cœur humain !
Parlant de lui, sa voix tremble

(Il lui prend la main.)

Comme sa main !

(Haut.)

L'aimerais tu, ma fille ?...

ÉBLA (à part).

Ah! je me suis trahie?

ÉRIX.

Es-tu du ciel assez profondément haïe,
Qu'il t'ait, dans sa colère, infligé cet amour?
Ah! s'il en est ainsi, qu'il parte, sans retour.

ÉBLA.

Tu redoutes à tort un sentiment semblable.

ÉRIX.

Tu m'en verrais bientôt mourir inconsolable,
Car je peux supporter l'esclavage, l'affront,
Mais non pas le malheur qui courberait ton front.
Paulus te pourrait-il soustraire à ta naissance?
Il a son titre, et toi, tu n'as que l'innocence?
La fille d'un Gaulois rebelle, sans pardon,
Aimer un Romain! mais c'est chercher l'abandon,
Le désespoir, la honte! Ah! protégez ma fille,
Dieux justes! n'accablez que moi dans ma famille!
Dis-le-moi, tu n'es pas folle au point de l'aimer?

ÉBLA.

Bannis donc toute crainte et sache te calmer.

ÉRIX.

Et moi qui n'ai pas craint de le flétrir lui-même,
Ainsi que le consul qu'il admire et qu'il aime...

ÉBLA.

Notre ami te connaît et ne t'en voudrait pas.

ÉRIX.

Aussi pourquoi jeter devant les derniers pas
Qu'il me reste à traîner dans ma carrière sombre,
Ce qui seul peut troubler le calme de mon ombre?

ÉBLA.

Un louable motif excuse son erreur.

ÉRIX.

Que veut-on m'arracher? Un aveu de terreur?
Je n'ai jamais rien craint tant que ma conscience;
Toute autre autorité voit mon insouciance.
Que pourrait-on me faire encore? m'exiler?
Ne me suivrais-tu pas, toi, pour me consoler?

ÉBLA (à part).

Dieux grands! vous l'entendez...

ÉRIX.

Désire-t-on ma vie?
Elle ne peut, vraiment, sembler digne d'envie
Que par la piété dont tu l'entoures, toi.
J'y tiendrais, car tu n'as en ce monde que moi.
Qui voudrait t'affliger, toi, des cœurs le modèle?

ÉBLA (à part).

Supplice!

ÉRIX.

Ah! Ils songeaient à me séparer d'elle!
S'ils m'avaient réservé cette punition,
Ah! oui je subirais l'humiliation!
Oh! oui j'aurais bientôt exhalé de mon âme,
En des chants immortels, cette louange infâme
Qui me vaudrait le blâme entier de l'avenir!

ÉBLA.

Oh! l'horrible pensée!

ÉRIX.

Il faut donc la bannir?

ÉBLA.

Vite, je t'en conjure... Elle me martyrise.
Tu n'es pas de ceux-là qu'impunément on brise;
Mais de ceux qu'on respecte en voyant leur beau front.

ÉRIX.

Et pourquoi penses-tu qu'ils me respecteront?

ÉBLA.

Parce qu'il est sur terre une puissance occulte
A qui chaque mortel forcément voue un culte,
— Quelque soit le pays ou la condition...—
Le culte incontesté de l'admiration !
Ceux qu'a favorisés cette loi merveilleuse,
N'étalent nulle part leur fortune orgueilleuse;
Ils savent se passer des honneurs complaisants.
Les siècles néanmoins se font leur courtisans !
Ce culte est immuable à travers tous les âges.
Rois ou sujets, ceux-là sont avant tous des sages,
Les élus d'un suffrage à jamais accordé...
Que l'or scintille ou non sur leur crâne ridé,
Une auréole y brille... et sa lumière inonde
D'un respect si puissant, que l'estime du monde
S'inclinera toujours devant leur majesté,
Car c'est l'intelligence avec la probité!...

ÉRIX (souriant amèrement).

Mais, l'esprit et le cœur, enfant, c'est l'infortune !
Ils ne respectent pas ce qui les importune !...

ÉBLA.

Mais l'avenir proteste et met, de son burin,
Un blâme ineffaçable au grand livre d'airain.

ÉRIX.

Q'importe que proteste ou que l'avenir blâme ?
Ceux-là seuls ont raison que le présent proclame...
Et si l'on attendait de la postérité
L'impartiale voix qui dit la vérité,
Ce pourrait être en vain, comme aux temps où nous sommes;
Car le passé se juge au jugement des hommes...
Mais, ce dont on est sûr, ce qui ne manque pas,
C'est l'âme responsable au delà du trépas,

La certitude, enfin, d'une seconde vie
Où tout est bien pesé, le mérite et l'envie :
C'est là qu'à l'injustice on donne rendez-vous !

ÉBLA.

A tous les malheureux l'espoir du ciel est doux :
Tout autre nous abuse, et lui n'est point un leurre.

(A part.)

Je le saurai bientôt sans doute : voici l'heure
D'aller apprendre, enfin, quel sera notre sort.

(Haut, embrassant son père.)

Je reviens, père...

ÉRIX.

Va.

(Ébla avant de sortir regarde son père et semble pleurer sur lui, le vieillard qui la croit sortie, se parle haut et touche profondément sa fille, dont le jeu muet devient graduellemement pathétique.)

Cette enfant-là, qui sort,
C'est plus que la moitié de ma vie indigente :
C'est le cœur attentif, c'est la main diligente,
C'est l'œil par qui je vois malgré ma cécité ;
C'est de l'âme ma joie et du corps ma santé ;
La nuit c'est mon repos, et le jour c'est ma lyre ;
Pour moi sa main écrit et sa bouche sait lire.
C'est la protection de mon triste foyer !
Lorsque, naguère, on a voulu la marier :
Père, m'a-t-elle dit, loin de toi plus de fête !
Et, de ses jeunes mains, prenant ma vieille tête,
Elle a changé ma plainte en un cri triomphant :
Et l'on voudrait de moi séparer mon enfant ?
Non, ils n'y pensent pas... on se fait des chimères !...
Des appréhensions vagues, mais bien amères,
M'assiégent... aurait-on formé ce noir complot ?

(Ébla ne peut contenir un sanglot et s'enfuit.)

Mais, je ne rêve pas, c'est le bruit d'un sanglot...

SCÈNE II

ÉRIX (seul, se levant effaré).

Quelqu'un était ici? répondez... quoi... personne?
Je n'ai rien entendu... mon oreille bourdonne...
Ah! c'est qu'un espion qui leur rapporterait
Le mal que je crains d'eux, le leur inspirerait,
Pour obtenir de moi cette palinodie.

(Avec horreur.)

Moi, j'aurais suggéré l'horrible perfidie !
Oh ! rien que d'y songer, j'en perdrais la raison.

(Paulus entre sans bruit par la porte du fond.)

SCÈNE III

PAULUS (à part).

Il est seul... j'ai bien fait de tourner la maison,
Ébla serait ici pour me fermer la bouche;
Or, il me faut tout dire... il faut que je le touche.

(Il semble réfléchir profondément. Cotta et Mendo apparaissent en dehors de la porte de droite, ils se tiennent cachés derrière la tenture, sans qu'Érix ou Paulus soupçonne leur présence.)

SCÈNE IV

ÉRIX, PAULUS, COTTA, MENDO,

MENDO (bas à Cotta).

Il ne se doute pas que nous l'avons suivi.

COTTA (de même).

Écoutons maintenant : j'aurai bientôt sévi,
Si, par un mot de trop, sa rage déshonore
L'insigne affection dont son maître l'honore.

PAULUS (s'étant armé de courage).

Érix...

ÉRIX.

Vous étiez là?

PAULUS.

J'arrive seulement;
Mais daignez m'écouter, car je n'ai qu'un moment.

ÉRIX.

Dites.

PAULUS.

Érix, Ébla vous est-elle bien chère?

ÉRIX.

Voilà ce qui s'appelle injurier un père!

PAULUS.

C'est... qu'il m'en faut la preuve aujourd'hui sans tarder.

ÉRIX.

Je ne soupçonnais pas qu'on pût la demander!...

PAULUS.

Si vous l'aimez en père et tenez à sa vie,
Si vous ne voulez pas qu'elle vous soit ravie,
Il ne vous reste plus, Érix, qu'à travailler
L'hymne réparateur que j'osai conseiller.

ÉRIX (se levant d'un bond).

Ah! courtisan! tu m'as entendu tout à l'heure!...
Écouteur déloyal d'un aveugle qui pleure,
Tu voudrais, exploitant ma désolation,
En faire un marchepied à ton ambition!

PAULUS.

Je ne ne saurais comprendre un semblable langage :
Ma probité n'a plus à fournir aucun gage...
Je ne perdrai donc pas mon temps à la prouver.
Ébla seule en est cause, et je veux la sauver.

ÉRIX.

Vous croyez qu'il prendra, ce piége d'imposture,
Le père en son amour ou l'homme en sa droiture?
Eh bien! tendez-le donc! si l'on veut éprouver
De ces deux sentiments lequel je veux sauver.
Qu'on accuse ma fille ou que l'on m'en sépare!

La perte de l'honneur, non, rien ne la répare!...
Véter compte courber le père sous ses lois:
Il verra se dresser l'héroïsme gaulois!

PAULUS.

Qui songe à profiter des liens de famille,
Pour ternir votre honneur ou perdre votre fille?
Personne! et je ne sais qui vous jugez ainsi.

ÉRIX.

De quel caprice étrange avez-vous le souci?
C'était donc fantaisie... esprit de tentative,
Qui vous faisait me mettre en cette alternative?

PAULUS.

Plût aux dieux que je fusse, en ce pénible cas!
Maître de plaisanter!... mais je ne le suis pas:
Il faut violenter votre grand caractère,
Imposer ce labeur à votre muse austère,
Si vous voulez qu'Ébla vive encore demain...

ÉRIX.

Êtes-vous le jouet d'un génie inhumain?
Ou bien, est-ce ma tête, hélas! par trop lassée,
Qui ne sait plus, des mots, traduire la pensée?
Car quelqu'un de nous deux divague assurément.

PAULUS.

Il me faut cet écrit, vous dis-je.

ÉRIX (raillant avec amertume).

En ce moment?

PAULUS.

Non, mais j'en veux au moins la formelle promesse.

ÉRIX (de plus en plus railleur).

C'est que nous sommes loin des rives du Permesse...
Et, prétendent les Grecs, c'est là que les beaux vers
Comme les fleurs, soudain, naissent dans les prés verts...
Mais, l'amitié m'octroie un délai nécessaire!...

PAULUS.

Votre esprit raille, à vous, à moi le cœur me serre...
Il faudrait cet écrit, Érix !

ÉRIX.

Je vous promets
Que, de cette main-là, vous ne l'aurez jamais !

PAULUS.

Eh bien, avant longtemps vous serez seul sur terre,
Votre fille...

ÉRIX.

Poursuis...

PAULUS.

J'aurais voulu me taire,
Fléchir les préjugés de votre orgueuil d'airain,
Sans vous causer encore un plus cruel chagrin;
J'aurais surtout voulu vous laisser l'ignorance
D'un pieux secret... mais il vous faut la souffrance...
Elle a pitié de vous, vous lui forcez la main !
Ébla m'est fiancée, et je veux notre hymen.

ÉRIX (stupéfait).

Que me dites-vous là ?

PAULUS.

La vérité quand même,
Car nous formions avec votre fille, qui m'aime !
Le projet d'entourer de soins vos derniers jours;
Mais votre grand orgueil nous empêche toujours.

ÉRIX.

Les préjugés ? l'orgueil ? Ah ! tu viens parler, traître,
De la condition qu'exigerait ton maître...
Je comprends à cette heure et j'avais pressenti...
Mais, avant ton dessein, que n'étais-je averti ?
Avant que ces amours funestes, inégales,
Ne vous fissent songer aux chaînes conjugales,
Pourquoi n'avoir rien dit ? j'aurais tout arrêté.
C'est ta reconnaissance à l'hospitalité ?
Tu feins envers le père une affection sûre,

Pour laisser à la fille, au cœur, une blessure
Que tu ne peux guérir sans le consentement
Du monstre qui par elle obtient mon châtiment!
Amour ou trahison, Romain, tu n'es qu'un lâche!

PAULUS.

Ah! Parfois les plus forts succombent sous leur tâche!
L'homme n'est pas taillé tout d'un bloc de granit:
La passion disjoint ce que l'honneur unit.
J'avais trop présumé des forces de mon âme
Et quand je la sentis en proie à cette flamme,
Une autre âme souffrait... or, nous ne pouvions plus
Que laisser, pour l'espoir, des regrets superflus.

ÉRIX.

Mais cette autre, entends bien, d'un Gaulois c'est la fille!
Le courage est pour elle une dot de famille:
Elle voudra briser, sans nul ménagement,
L'éphémère désir de son entraînement...
Et saura dédaigner, fière autant qu'innocente,
D'un chef d'aventuriers la grâce flétrissante.

PAULUS.

Je dis qu'elle en mourra...

ÉRIX.

Vous la calomniez!

PAULUS.

Son aveu prouverait tout ce que vous niez :
Je vous le ferai dire.

ÉRIX.

Eh bien! je t'en défie!
Au moins d'un démenti que je te mortifie!

PAULUS.

Oh! le moindre amour-propre est absent de mon cœur...
Mais, d'un scrupule étroit le devoir est vainqueur.
Ébla ne peut attendre...

ÉRIX.

Achève...

PAULUS.

O peine amère!

Elle en mourra...

ÉRIX.

Pourquoi? dis.

COTTA (frappé d'une idée soudaine, entre).

Parce qu'elle est mère!

(Érix s'affaisse sur son siége, comme foudroyé).

PAULUS (se retournant, il voit Cotta qui d'un geste impérieux lui impose silence. Bas).

Cotta!

COTTA (à voix basse, à Paulus).

C'en est fait d'eux si ta voix me dément.

(Il s'en retourne derrière la tenture de droite.)

ÉRIX.

Je n'ai pas reconuu ta voix... C'est qu'elle ment!
Rétracte-toi donc! Parle! Il se tait! Misérable!
Il pense réparer un mal irréparable,
Quand il a tout volé, rien qu'en donnant son nom...
Et son audace espère en l'impunité? Non.
Dieux! laissez-moi, vengeur de ma fille trompée,
Voir seulement assez pour tenir une épée!
On persécute un homme, il s'offre en protecteur...
Et de la fille émue il se fait séducteur...
La perle de beauté, la vertu filiale,
Une vierge modeste et timide et loyale!

(Paulus ne quitte pas des yeux Cotta.)

La grâce de l'esprit unie à la candeur,
Une âme immaculée, il souille sa pudeur!
Tous les devoirs trahis, l'innocence dupée,
Et n'y pas voir assez pour tenir une épée!!!
Après avoir soufflé sur l'unique flambeau
Qui m'eût facilité le chemin du tombeau,
Après avoir éteint cette âme qui remonte...
Il voudrait racheter son crime avec ma honte...
Et, parce qu'il est vil, fourbe et profanateur,
Il voudrait que je fusse et parjure et flatteur!

Non, quoiqu'on soit aveugle et qu'en sa main crispée
Le sort ne veuille plus que l'on tienne une épée!!!

PAULUS.

Ma vie est en vos mains, vous pouvez me l'ôter.

(Il se met à ses genoux pour lui donner son épée.)

ÉRIX (après réflexion, repoussant l'épée).

Je n'assassine pas!

PAULUS.

Sachez donc écouter!
Bien qu'en votre douleur l'insulte me châtie,
Mon respect vous entoure avec ma sympathie;
Mais l'exaltation, les larmes et le sang
Ne peuvent nous offrir qu'un secours impuissant.
Il nous faut obtenir le salut de la femme.
Cet hymen le rend sûr...

ÉRIX.

En me rendant infâme!
Mais qu'est-ce, l'infamie aux yeux d'un scélérat?
Puis, j'y pense... Aurais-tu poussé l'art d'être ingrat,
Afin que le consul excuse ta demande,
Jusqu'à lui révéler tout ce qui la commande.

PAULUS (après avoir regardé Cotta).

Que vous importe?

ÉRIX.

Il dit: que m'importe! Il l'a fait!
Quoi! cela ne saurait m'importer, en effet,
Que l'âme de mon âme, une fille chérie,
Devant nos ennemis fût à jamais flétrie?
Que m'importe, en effet, que Véter sache ou non
Cet outrage nouveau qui soufflette mon nom,
Qui flagelle ma chair sur la jeune poitrine
Où comptait reposer ma vieillesse chagrine?
Ah! comme ils doivent rire et se féliciter
Du plus grand des revers qu'on puisse supporter,
Qui fait médire même après nos funérailles!

Que m'importe, dit-il ! Tu n'as donc pas d'entrailles ?
Le cœur d'un père saigne, agonise et se fend,
S'il ne peut rien au mal qu'endure son enfant.
Il se rit de cela comme d'une équipée !
Oh ! n'y pas voir assez pour tenir une épée !

PAULUS.

En me laissant prêter cette autre abjection,
J'espérais emporter votre décision.

ÉRIX (entrevoyant une lueur d'espoir).

Est-il bien vrai, dis-moi, que le consul ignore ?...

PAULUS.

J'aurais trop mal agi, pour agir mal encore.

ÉRIX.

Et ma pauvre orpheline, est-ce de son aveu
Que tu viens ?

PAULUS.

Elle ? Oh ! non. Je transgresse son vœu.

ÉRIX.

Je respire ! Et Véter permet cet hyménée,
Cet unique salut de mon infortunée,
Si je fais cet écrit ?

PAULUS.

Oui, de grâce, à genoux,
Je t'en supplie, ô barde, et pour elle et pour nous...

ÉRIX (à part).

Quel est le cœur de père auprès duquel ma honte
Ne rencontrerait pas l'excuse la plus prompte ?
D'y souscrire en pleurant qui pourrait m'accuser
Et ne pas m'en vouloir plus de m'y refuser ?
(A Paulus.) (Avec effort.)
Écoute. Il faut qu'Ébla conserve la croyance
Que j'ignore ton crime... et son imprévoyance...
Elle ne vivrait pas sans cette illusion.
C'est moi seul qui mourrai dans la confusion.
Donc tu n'aurais rien dit et je n'aurais pu faire

Rien pour me désoler... ou pour vous satisfaire.
(Levant les yeux et la main au ciel.)
Mais dise l'avenir, lorsque j'aurai vécu:
L'homme était invincible... un enfant l'a vaincu!
(Avec résolution.)
Et maintenant, je dicte, écrivez...

PAULUS (courant à la table pour écrire).

O surprise!...
O barde! je t'admire!

ÉRIX (jetant sa couronne à terre).

Et moi je me méprise!
(La tête dans ses mains, il retombe sur son siége).

COTTA (bas à Paulus).

Tu m'as bien entendu... tu les perdrais, Paulus!
(A Mendo. Bas, sortant avec lui.)
La douleur tue Érix... il ne chantera plus...
Ainsi j'atteins mon but: l'écrit est impossible.
Or, dans sa volonté Véter est inflexible :
Il me livre un rival que je sais achever.
(Il sort avec Mendo).

PAULUS (à part).

Puisque cette imposture arrive à les sauver,
La démentir, serait leur perte inévitable...
Mon silence est affreux, mais il est profitable!

ÉRIX (à part).

Et voilà pourtant ce qui fait les réprouvés!...
Et le monde condamne! Oh! le monde!
(Haut à Paulus.)
Écrivez.
(Il dicte.)
« Encore un chant, ma lyre, un seul et je te brise;
» Mais que ces derniers vers soient transmis par la brise
» Aux plus lointains échos, pour être répétés ;
» Car c'est le repentir qui me les a dictés. »
(Il sanglote, on voit qu'il perd ses forces. Cessant de dicter, et, à part, comme protestant contre ce qu'il vient de dicter. Se levant avec fougue.)

Le repentir ! un homme, avec ardeur se lève
Entre les droits d'un peuple et la force du glaive ;
Il veut, pour redresser les autels renversés,
Rassembler du pays les druides chassés,
Et, de son éloquence évoquant la magie,
Il communique aux siens une ardente énergie
Qui fait qu'à sa parole ils brûlent de venger
La patrie expirante aux coups de l'étranger...
Si dans ses yeux éteints luisait encor la flamme,
La haine en jaillirait comme un éclair de l'âme,
Et, précédant la foudre armoricaine, irait
Dire au consul un mot qui l'épouvanterait,
Car la vertu civique est au joug qui l'opprime,
Ce qu'est la mer profonde au roc qui la comprime :
Elle grossit et monte et gronde, et, tout à coup,
Bondit sous un orage et bouleverse tout.
Or, parce qu'à défaut de mes bras, j'ai ma tête
Pour enseigner comment on peut, dans la tempête,
Soudain reconquérir avec nos matelots
Le vieil honneur gaulois qui sombre sous les flots,
Je me repentirais ? Non, s'il faut la science
Des accommodements avec la conscience,
J'ai mis toujours ma gloire à vivre en abhorrant
Cet art qui nous profite en nous déshonorant.
J'entends Ébla.

(Il se rassied accablé.)

SCÈNE V

ÉRIX, PAULUS, ÉBLA.

ÉBLA.

Des pleurs dans les yeux de mon père :
Vous n'êtes pas venu le tourmenter, j'espère.

ÉRIX.

Non, chère fille, non...

(A part.)

Quitter un tel trésor !

Allons, barde, il faut vivre, et faire plus encor !

(Haut.)

Je viens de découvrir un adroit stratagème
Pour contenter l'éter sans manquer à moi-même.

ÉBLA (inquiète).

Qu'avez-vous fait, Paulus?

PAULUS.

Calmez-vous, chère Ébla.

ÉRIX (s'efforçant d'être gai).

Oui, sans nul sacrifice...

(Se pressant le cœur).

Ah! quel mal je sens là!

ÉBLA.

Grands dieux! qu'as-tu, mon père?

ÉRIX (l'attirant à lui).

Oh! dans mes bras! ma lèvre
A besoin de ton front pour apaiser ma fièvre...

ÉBLA.

Quelle pâleur! il tremble!

ÉRIX.

Aime-la bien, Paulus.
Tu la protégeras quand je ne serai plus.

ÉBLA (effrayée).

Quand il ne sera plus!...

ÉRIX.

Je te la recommande.
On ne peut refuser au mourant qui demande.
Donne-lui le bonheur qu'elle a tant mérité.

ÉBLA.

Que dit-il? vous m'avez caché la vérité.

(Elle gémit.)

PAULUS.

Non, ce n'est qu'un moment de crise douloureuse.

(bas à Érix tandis qu'Ébla pleure).

Épargnez Ébla pure autant que malheureuse.

ÉRIX (bas à Paulus).

Pure?

PAULUS (bas à Érix.)

Oui, je ne pouvais contredire Cotta ;

Votre perte eût suivi le coup qu'il vous porta.
J'ai dû subir l'outrage... Indicible souffrance !

ÉRIX.

Je peux attendre en paix l'heure de délivrance.
Ah ! tant d'émotions !.. mes forces sont à bout...
Enfants, soutenez-moi !

(Se soulevant à l'aide de leurs bras.)

Je veux mourir debout.

(D'un air inspiré, d'agonisant.)

Toi, Dieu de la patrie, arbitre impénétrable,
Merci de m'envoyer cette fin secourable !
Le mot de repentir qui me fut arraché,
Tu ne veux pas qu'un jour il me soit reproché.
Ma fille et mon honneur sont purs : suprême ivresse !
La Gaule évoquera mon ombre vengeresse.
Gaule ! l'Être infini, Dieu des créations
T'a faite avec amour Reine des nations...
L'avenir met sa gloire à suivre la lumière.
Enseigne-lui l'honneur, c'est la vertu première !
Je meurs...

ÉBLA.

Est-il possible ! oh non, les dieux cléments
Ne t'arracheront pas à mes embrassements.

PAULUS.

Barde, je te promets, comme un fils à son père,
De rendre à notre Ébla l'existence prospère.

(On voit passer au fond Cotta et Mendo.)

ÉRIX (mourant.)

O ! ma fille !

ÉBLA (éperdue.)

Paulus ! il se meurt

ÉRIX.

Je vivrai,
Car c'est d'un immortel de mourir pour le vrai.

FIN

Paris. — Typ. Morris et Comp., rue Amelot, 64.

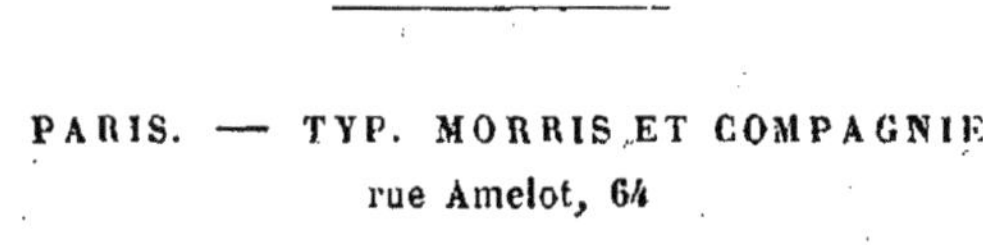

PARIS. — TYP. MORRIS ET COMPAGNIE
rue Amelot, 64

www.ingramcontent.com/pod-product-compliance
Ingram Content Group UK Ltd.
Pitfield, Milton Keynes, MK11 3LW, UK
UKHW020413220726
13923UKWH00004B/1924

9 782019 256142